Défi
de
filles

Illustrations : Lumone

© Lito, 2008
ISBN 978-2-244-44131-3

www.editionslito.com

Défi
de
filles

À **toi** de devenir
TOP MODEL

Michel Amelin

Éditions Lito

Règle du jeu

❱ L'héroïne de ce livre, c'est toi !
Mais qui es-tu ? À quoi ressembles-tu ?
Quels sont tes goûts, tes envies, tes idées ?
Il est important de savoir qui est
le personnage principal d'une histoire !
Tout d'abord, remplis la fiche de renseignements
pour personnaliser ton livre.
Ça y est ?

❱ Maintenant, mets-toi dans la peau d'un futur
top model, et commence ta lecture, chapitre 1.
Tu ne défileras pas sur les podiums du jour
au lendemain ; c'est à toi de décider
du déroulement de l'histoire !
Quatre compagnons peuvent t'accompagner
dans cette grande aventure ; mais un seul
te mènera à la victoire !
Trouve la bonne personne, celle qui t'aidera
tout au long de ton parcours, fais les bons choix,
pour arriver à la victoire et enfin devenir
un vrai top model !

À LA FIN DE CHAQUE CHAPITRE,
PLUSIEURS POSSIBILITÉS.
CHOISIS LA MEILLEURE OPTION ET DIRIGE-TOI
VERS LE CHAPITRE INDIQUÉ.

❱ Si tu te trompes, pas de souci, tu as toujours la possibilité de revenir en arrière, et de choisir une autre voie.
Attention cependant, il n'y a qu'une seule branche gagnante !

❱ À la fin de ce livre, tu trouveras des pages de notes. Inscris-y ton parcours, au fur et à mesure. Comme ça, si tu ne gagnes pas du premier coup, tu pourras recommencer sans faire les mêmes erreurs !

❱ Quand tu auras enfin décroché ton premier contrat de mannequin, que tu seras un vrai top model, fais un dernier test, à la fin du livre, et découvre si tu es vraiment à l'aise avec l'image que tu donnes de toi...

Tu as tout bien compris ?
Alors vas-y, c'est ton tour !
Bonne chance !

Fiche perso

C'est toi l'héroïne de cette histoire. Mais qui es-tu vraiment ?

JE M'APPELLE

MAIS MON PSEUDO C'EST

MON ÂGE

JE SUIS NÉE LE

MON SIGNE ASTROLOGIQUE

J'HABITE

MES CHEVEUX SONT

MES YEUX SONT

JE MESURE

SIGNES PARTICULIERS

MA FAMILLE

MA CLASSE, CETTE ANNÉE

MA MEILLEURE AMIE

ET MON MEILLEUR AMI

MA PRINCIPALE QUALITÉ

ET MON PRINCIPAL DÉFAUT

MA DEVISE

PLUS TARD, JE M'IMAGINE

MES LOISIRS

MON FILM PRÉFÉRÉ

MON GROUPE PRÉFÉRÉ

MA CHANSON PRÉFÉRÉE

MON LIVRE PRÉFÉRÉ

MON ACTEUR PRÉFÉRÉ

MA COULEUR PRÉFÉRÉE

MON DESSERT PRÉFÉRÉ

MA PIZZA PRÉFÉRÉE

MES MEILLEURES VACANCES

Jamais tu n'aurais cru que tu pourrais devenir top model un jour ! Tu te trouves trop grande, trop maigre, trop pâle. En fait, tu te trouves moche. En primaire, certains élèves de ta classe t'appelaient « la sauterelle », « la grande maigre », « le piquet », « la saucisse » ou « l'asperge ». Ce n'était pas facile à vivre. Mais, comme dans l'histoire du *Vilain Petit Canard*, le Destin veille sur toi. Voilà que l'heure de la revanche a sonné ! Cette fois-ci, ils vont voir ce qu'ils vont voir tes anciens petits camarades très méchants. Tu vas leur en mettre plein la vue. Car, aujourd'hui, on t'a retiré ton appareil dentaire !

Va vite chapitre 15.

Un coup de Klaxon retentit quand tu sors du cabinet. C'est ta mère, garée en double file. Elle agite sa main par la portière. Tu te dépêches de la rejoindre.

– Alors ? demande-t-elle. Montre !

Tu souris. Ta mère en a les larmes aux yeux. Elle te caresse la joue :

– Tu es magnifique, ma chérie ! Te voilà transformée. Il faut que l'on fête cela. Je vais t'acheter un petit haut. Il y a des soldes chez *Prycyllya*.

Elle démarre en quatrième vitesse tandis que tu suggères, mine de rien :

– Par la même occasion, on pourrait en profiter pour acheter un petit bas.

Roulez jusqu'au chapitre **43**.

Quelques jours plus tard, Maéva se précipite vers toi en poussant des hurlements :

– C'est incroyable ! Tu es sélectionnée !

– Sélectionnée pour quoi ?

– J'avais gardé un numéro trouvé dans *Genialgirls*. Une agence cherchait des jeunes mannequins de tête. Tu le croiras si tu veux, mais un responsable a reçu mon message avec ta photo. Il a complètement flashé sur toi !

Maéva te tend son portable, tu lis le message avec peine :

« Ta copine est canon. On la sélectionne ! RDV à la rédaction. Demander Antoine. »

– C'est à Pariiiiiiis ! trépigne Maéva. J'ai répondu que tu étais d'accord et folle de joie.

– Quoi ?

Tu prends le téléphone ? Va chapitre **9**.
Tu le laisses... Va chapitre **24**.

C'est là, en sortant du cabinet de l'orthodontiste, que le Destin va se matérialiser sous tes yeux. Quatre personnes peuvent t'attendre : ta mère, ta grand-mère, ton petit ami de cœur et ta meilleure amie. Tu les aimes tous les quatre et tu leur fais confiance. Ils t'aiment aussi et ne veulent que ton bonheur. Et, quand ils te verront, ils éprouveront tous un choc. Mais une seule de ces personnes te conduira à la victoire ! Avec les autres, ce ne seront que de cruels échecs.

Choisis donc ton partenaire maintenant !

Ton petit ami de cœur ? Va chapitre **32**.
Ta meilleure amie ? Va chapitre **19**.
Ta mère ? Va chapitre **2**.
Ta grand-mère ? Va chapitre **33**.

Le père de Lorenzo est photographe. Il tient un magasin dans le centre-ville. Et les affaires ne marchent pas très bien pour lui depuis que tout le monde possède des appareils numériques. C'est bien simple, ses commandes ont diminué de 75 % ! Pour s'en sortir, il vend aussi des livres d'art de photographes et des ouvrages techniques. Quand Lorenzo gare son scooter devant le magasin, son père est justement sur le trottoir à attendre le client, et quand il te voit, son visage s'illumine :

– Qu'est-ce que tu dirais de poser pour moi, jeune fille ? J'ai envie de faire des grands portraits en noir et blanc des gens de la ville. La classe.

Lorenzo fronce les sourcils mais toi, gênée, tu ne peux refuser.

Va chapitre 23.

Olga braque le gros appareil photographique vers toi et appuie sur le déclencheur. La photo sort immédiatement. Tel un joli fantôme, ta silhouette floue apparaît...

– Une autre ! Approche ! commande Olga.

Du regard, ta grand-mère te fait signe d'accepter. Olga a l'air d'une originale de première.

Tu prends le flash en pleine figure. La seconde photo est éjectée.

Tu ressembles à un zombie mais Olga semble satisfaite du résultat. Sans autre explication, elle brandit un mètre à ruban. Elle veut maintenant mesurer ton tour de poitrine, de taille, de hanches ainsi que ta hauteur !

Tu te laisses faire ? Va chapitre **14**.

Tu refuses et demandes des explications ? Va chapitre **55**.

— Non, ce n'est pas moi sur les photos.

— Pourtant, c'est bien ce numéro de téléphone que le photographe m'a donné.

— Il s'agit de ma petite sœur.

— Elle n'est pas là ?

— Elle est partie en voyage en... en Chine. Pour un voyage scolaire très très long.

— Hum... dit l'homme qui ne s'est toujours pas présenté. Je vois que vous faites de l'obstruction.

Tu raccroches en lui disant aimablement bonsoir.

Tu es soulagée. Que voulait ce type mystérieux ? Sans doute te faire des propositions malhonnêtes ! Heureusement que tu as inventé cette histoire !

As-tu eu raison ? Va voir chapitre **71**.

Tu secoues la tête, tu es désolée mais tu refuses d'être exposée en grand format, dans la vitrine du photographe. Le père de Lorenzo essaie de te convaincre mais tu ne veux pas céder. Tu as trop honte. Même si tu te trouves belle, tu ne te reconnais pas. Ce n'est pas toi. C'est une autre.

– Écoute, te dit Lorenzo plus tard. Tu ne te rends pas compte de ce que ce travail représente pour mon père. Il est venu me réveiller quand il a tiré ces photos. Il délirait d'enthousiasme et tu... et tu...

Il baisse la tête. Il a les larmes aux yeux. Tu te sens encore plus mal à l'aise :

– Je ne peux pas... J'ai trop honte. Tout le monde va se moquer de moi. Ton père trouvera un autre modèle moins coincé que moi.

Comment Lorenzo va-t-il réagir ? Va chapitre 13.

— Donne-moi ça ! commandes-tu en prenant le portable à Maéva.

Quand tu lis le commentaire sous ta photo, tu n'en crois pas tes yeux. Comment une simple photo prise à la va-vite peut-elle déclencher un tel enthousiasme ? Tes doigts s'engourdissent. Il faut que tu te calmes pour envoyer une demande de rendez-vous. Paris, c'est loin, mais ta classe doit justement faire un voyage scolaire dans le mois à venir. Tu trouveras bien un moyen pour rencontrer le mystérieux Antoine à la rédaction de *Genialgirls*.

Canon ! Il a écrit que tu étais canon ! Et c'est un type qui doit voir défiler des milliers et des milliers de photos de filles tous les jours. Comment a-t-il pu te choisir, toi ? C'est trop beau ! C'est invraisemblable !

Va chapitre **60**.

– Voilà le dossier à remplir, indique la vendeuse en sortant une chemise en papier glacé de sous son comptoir. Attendez, je tamponne notre adresse et je signe sur la première page. C'est la preuve que vous êtes passée par nous. Il y a tellement de filles qui rêvent d'être mannequins ! Figurez-vous qu'on nous a volé des dizaines de dossiers mais, sans le tampon du magasin et le code secret de la vendeuse, c'est-à-dire moi, ils ne sont pas valables. Tandis que vous, jeune fille, vous allez tous les bluffer avec votre belle tête.

– Vous croyez ? demandes-tu, rosissant de confusion.

Ta mère, elle, est rouge de fierté.

*Elle s'empare du dossier ? Va chapitre **28**.*
*C'est toi qui le prends ? Va chapitre **21***

— En tout cas, dis-tu en désignant l'affiche qui réclame des mannequins, je ne risque pas de me présenter. J'aurais trop honte.

— Tu es folle ! réplique ta mère. Regarde comme tu nous as tous éblouis dans ta robe saucisson. Tu es transformée, ma chérie. Je ne te reconnais presque plus.

— Merci, ça fait plaisir. J'étais si laide que ça, avant ?

— Ne sois pas idiote. Tu sais parfaitement ce que je veux dire. Tu vas t'inscrire à ce concours. Ce sera un test idéal et ça te donnera confiance en toi.

— Je ne sais pas. Ça me fait peur.

— Qui ne tente rien n'a rien ! Qu'est-ce que tu as à perdre ?

Tu hésites.

Va chapitre **45**.

12

— C'est bien moi, réponds-tu à l'homme au téléphone.

— Je suis Jean de la Mornaie, *talent scout* pour l'agence Teenfirst. Est-ce qu'on pourrait se voir ?

— Heu...

— En présence de vos parents, bien sûr.

— Je... je ne sais pas.

— Écoutez, mademoiselle, je n'ai pas de temps à perdre, je dois prendre un avion pour Rio de Janeiro très bientôt. Si vous acceptez de me rencontrer, j'annule le vol et je le déplace à plus tard, tout comme les visites que je dois donner à Rio à une dizaine de filles. Alors ?

*Tu acceptes de l'écouter encore ? Va chapitre **53**.*

Lorenzo et toi êtes assis sur un banc dans le petit square qui se trouve en face du magasin. Depuis un certain temps, tu évites le père de Lorenzo. Tu ne dors plus la nuit. Tu es très malheureuse et tu regrettes de t'être laissé photographier.

— Fais ça pour moi et pour mon père ! te supplie Lorenzo. Il veut prouver à ses clients et au monde entier qu'il est un professionnel compétent. Il a senti, avec son âme d'artiste, que tu étais le modèle idéal. Si ça se trouve, on va te remarquer, toi aussi ! Après tout, tu es la première concernée par ces photos ! Tu vas peut-être devenir modèle professionnel ? On va te faire des propositions. Dis oui ! Je t'en prie, dis oui.

Tu dis oui ? Va chapitre **40***.*
Tu dis non ? Va chapitre **31***.*

La vieille Olga est une toquée. Elle t'examine sous le regard amusé de ta grand-mère.

– Ta petite-fille est belle, lui dit-elle, elle a de qui tenir ! Et elle n'a pas fini sa formation...

– Je suis encore au collège, précises-tu.

– Olga te parle de la formation de ton corps, rigole ta grand-mère. Elle est censée être à la retraite mais elle travaille toujours avec son fils.

– Il vient de créer une agence de mannequins à Riga. Quand je vois des belles filles, je les prends en photo et je les lui envoie.

– C'est où ? demandes-tu, car tu n'as jamais été calée en géographie.

– C'est la capitale de la Lettonie, au bord de la mer Baltique. Il y a un grand port, une cathédrale du XIIIe siècle et des quartiers style 1900, répond Olga.

Va chapitre 54.

Quand tu te regardes dans la glace, tu te rends compte que quelque chose a changé. Les rails de chemin de fer de ton appareil dentaire ont disparu. Voilà deux magnifiques rangées de dents blanches et bien plantées qui apparaissent entre tes lèvres charnues. Tu souris encore et encore. Tu n'as jamais tant souri. En fait, tu ne souriais plus depuis qu'on avait posé ce maudit appareil ! Il te bloquait. Et maintenant, telle la libellule sortant de sa chrysalide, tu as envie d'embrasser l'orthodontiste, de danser dans son cabinet. Lui-même semble sous le charme. Tu virevoltes, tu chantes. C'est fini, tu n'auras plus d'appareil dentaire !

Va vite chapitre **22.**

Gagnée par ton enthousiasme, ta maman a signé le dossier et l'a adressé à *Exclutifs* avec une photo sur laquelle tu poses dans ta nouvelle robe *Prycyllya*. Quelques semaines plus tard, tu reçois une réponse :

« Mademoiselle, vous êtes sélectionnée pour notre casting. Rendez-vous à Milan, mardi, à l'International Brushing, stand 8. »

– C'est où Milan ? demandes-tu d'une petite voix, car la géographie, c'est pas ton truc.

– En Italie, trop loin et trop cher ! réplique ta mère.

Tu ne veux pas abandonner. Avec Internet, tu te renseignes sur le prix du billet d'avion et tu prépares un beau mensonge pour manquer un jour de collège. C'est décidé, tu vas vider ton Livret A et aller toute seule à Milan !

Vite ! Va chapitre **50**.

17

L'affreux bonhomme pose une main de chaque côté de ta tête. Tu te sens prisonnière de son regard vicieux.

– Je dois tester le potentiel des candidates. Alors imagine que je suis un beau modèle que tu dois embrasser dans une pub pour du dentifrice. Vas-y !

Tu ne bouges pas d'un centimètre. Tu es tombée dans un piège : ce type est un salaud comme il y en a des milliers.

– Alors ? insiste-t-il en tendant les lèvres.

Tu te laisses glisser le long du mur et tu passes vite fait sous son bras.

– Espèce de gros dégoûtant ! hurles-tu. Mes parents vont porter plainte contre vous !

Tu t'enfuis avec Maéva. Tu as PERDU !

Tu aurais peut-être dû laisser le portable à Maéva, chapitre **24**.

18

Lorenzo marche à côté de toi. Il te tient la main pour te donner du courage. C'est aujourd'hui que tu vas découvrir la vitrine. Ta vitrine !

— Mon père est très content du résultat. Il dit qu'il faut montrer qu'il est professionnel et que les amateurs, même avec leurs logiciels et leurs appareils numériques, n'atteindront jamais cette qualité.

Quand tu arrives devant la vitrine, ton sang se glace. C'est toi ! Partout ! Les passants s'arrêtent et t'admirent. Ils ne voient pas souvent des photos de cette taille. Quand tu t'approches, ils se retournent et te reconnaissent immédiatement.

— On peut avoir un autographe ? demande quelqu'un comme si tu étais déjà une star.

*Oh là là ! Va chapitre **49**.*

Tu sors du cabinet dentaire. Maéva, ta meilleure copine, est en train de tromper son ennui en pianotant sur son portable.

Tu t'exclames en montrant bien tes dents :

— Me voilà !

— J'hallucine ! crie Maéva. Moi qui croyais que les rails laissaient des traces très débiles sur l'émail.

— Tu veux dire indélébiles. Eh bien non ! J'ai le plus beau sourire du monde. C'est l'ortho-dontiste qui me l'a dit, mens-tu avec aplomb.

— Attends ! Je vais te prendre en photo avec mon portable.

Tu prends la pose. Tu souris. Clic. Tu ne sais pas encore que Maéva va t'entraîner dans un plan incroyable.

*Va chapitre **58**.*

La vendeuse manque de se casser la figure quand elle te voit dans la robe fourreau rose. Et ta mère reste sans voix, les yeux dilatés, la mâchoire tombante. Tu te pavanes dans le magasin en t'admirant dans la grande glace centrale. Tu es belle, tu le sais. Tu l'as compris quand on t'a enlevé ton appareil dentaire.

– D'accord, murmure ta mère en sortant son porte-monnaie. Tu as grandi, chérie. Maintenant on voit une belle jeune femme se dessiner.

À la caisse où elle paie, une affiche réclame des « mannequins pour un défilé ».

Si c'est toi qui la remarques, va chapitre 11.
Si c'est ta mère, va chapitre 25.

Tu as décidé de prendre toi-même ton Destin en main en t'occupant du dossier.

– Je le remplis et tu le signes ! commandes-tu à ta mère, impressionnée.

Le dossier n'est pas difficile à remplir. Un enfant de six ans y arriverait car il ne faut que cocher des cases et donner son adresse et son numéro de téléphone. Pour les deux photos demandées, tu préfères chercher dans l'ordinateur familial qui en stocke un bon choix. Il y a un beau portrait de toi avec deux boutons au coin de la bouche. Pas de problème : tu effaces le tout avec ton logiciel de retouche. Hélas, tu n'ouvres pas la bouche car tu as encore ton appareil dentaire sur cette vieille photo. Pas le temps d'attendre ! Tu es trop impatiente !

Va chapitre **27**.

22

Un sentiment de joie et de confiance immense t'envahit. Tu te sens grande, belle et intelligente, ce qui ne t'était pas arrivé depuis tes six ans. (Tu avais alors invité la moitié de ta classe à ton anniversaire.) Tu souris devant la glace mais tu n'as pas encore l'idée de devenir top model. C'est ta prochaine rencontre qui va te mettre ce projet dans la tête. Cette personne t'attend devant le cabinet de l'orthodontiste que tu fréquentes depuis quatre ans déjà. Pour l'instant, tu t'installes dans le fauteuil, devant le bureau du cabinet. L'homme signe tes feuilles de soins. Il relève les yeux en te félicitant. Ta mère lui enverra un chèque. Tu lui dis au revoir.

Va vite chapitre **4**.

23

Pour ne pas te mettre mal à l'aise, Lorenzo t'attend dans le magasin. Toi, tu es enfermée dans le studio avec son père. Il dispose d'un matériel incroyable ! Il choisit un gros appareil sur pied et te place entre des projecteurs, devant une toile immense posée sur un mur. Il vire une colonne de plâtre et un pot antique rempli de fleurs en plastique et te demande de prendre la pose, épaule en avant. Clic, clac. Tu changes de position, tu souris. Le père de Lorenzo te parle gentiment, te donne des indications simples. Comme tu le connais depuis que tu es toute petite, tu te sens décontractée avec lui. Il recule son appareil pour te photographier en plan plus large. Les clichés se succèdent.

– C'est bien, murmure-t-il. C'est même très bien. Tu captes bien la lumière.

Va vite chapitre 30.

— Je vais te prendre sous mon aile protectrice, clame Maéva. Grâce à moi, tu vas devenir un top model mondial. C'est sûr qu'avant tu étais défigurée par ton appareil dentaire. Mais ce n'est plus qu'un mauvais souvenir. Désormais toutes les chances sont de ton côté. Donne-moi une seule raison de refuser mon aide.

— Tu pourrais concourir toi-même !

— Qu'est-ce que tu crois, pauvre pomme ? J'ai envoyé un millier de photos à la rédaction de *Genialgirls* et je n'ai pas eu une seule réponse. C'est évident : dès qu'ils ont vu ma tronche de cake, ils l'ont balancée vite fait dans la poubelle de leur ordi.

Tu as un pincement au cœur. Tu vas donc te mettre sous la protection hystérique de Maéva car tu n'as rien d'autre à proposer.

Va vite chapitre **59**.

25

– Qu'est-ce que c'est ? demande ta mère en indiquant le panneau à la vendeuse prétentieuse.

– C'est un partenariat de notre maison *Prycyllya* avec *Exclutifs*, l'agence mondiale des mannequins de tête.

Tu es étonnée. Des mannequins de tête ? Tu n'en as jamais entendu parler. La vendeuse te regarde avec son air supérieur :

– Pour les coiffeurs, les firmes de shampooings ou de sèche-cheveux, on a besoin d'images de cheveux plantés sur des têtes ! Les mannequins de pieds sont pour les chaussures, et les mannequins de fesses pour les collants. Vous voulez participer ?

– Bien sûr ! vocifère ta maman en te prenant par le cou.

Va vite chapitre **10**.

La vendeuse te prend en photo. Hum ! Ce n'est pas une professionnelle.

– Je peux voir les photos ? demandes-tu.

– Je n'ai pas le temps, il y a d'autres clientes. Donnez-moi vos nom, prénom, adresse et âge et j'envoie tout cela à l'agence partenaire de l'opération.

– C'est fantastique ! se réjouit ta mère. Ils vont tomber sous ton charme eux aussi.

Tu as l'impression de voler quand tu sors du magasin. Mannequin ! Comment est-ce possible ? Même cette vendeuse imbuvable, avec son air supérieur et sa moue méprisante, t'a laissé croire que ce n'était pas irréalisable ! Tu as des milliers de rêves en tête. Vite ! Tu as hâte d'aller sur le site de l'agence.

*Va chapitre **67**.*

27

La réponse arrive deux semaines plus tard :

« Chère concurrente, nous avons bien reçu votre dossier de candidature ainsi que vos photos. Nous voudrions vous rencontrer ce samedi à l'Hôtel Excelsior pour un casting à 15 h. En vous souhaitant bonne chance. L'équipe d'*Exclutifs*. »

Tu te fais le plus belle possible et, après une cascade de bises de ta maman, le cœur plein d'espoir, tu te rends à l'Hôtel Excelsior le samedi suivant. Une file d'attente longue de cent mètres zigzague sur le trottoir. Un affreux doute te dit que toutes ces filles sont là pour la même raison que toi.

Tu prends gentiment place dans la queue ? Va chapitre **68**.

Tu doubles tout le monde et entres directement ? Va chapitre **51**.

28

Ta mère s'est installée dans le salon avec les feuillets du dossier bien étalés devant elle. Elle a sorti ses lunettes et ses crayons, et elle lit soigneusement toutes les phrases en prenant des notes. Tu es assise à côté d'elle. Tu te tords les mains.

– Les conditions sont épouvantables, lâche enfin ta mère en reposant bruyamment son stylo. Tu ne touches aucun salaire et tu dois céder tous tes droits à *Exclutifs* pour l'exploitation mondiale. C'est une arnaque !

– Mais c'est dingue ! Je ne suis même pas encore candidate ! Je suis rien ! Et tu parles d'exclusivité mondiale ?

– Tu veux être exploitée ?

– Oui ! On signe et on verra après.

Rendez-vous chapitre **16**.

L'exposition dans le magasin de photographie du père de Lorenzo a un tel retentissement que tous les journaux en parlent. Non seulement les journaux du coin mais aussi les journaux nationaux ! On vient interviewer le père de Lorenzo sur la guerre entre les appareils argentiques et numériques, sur le noir et blanc, sur le métier de photographe. Il y a de grands articles dans les magazines spécialisés, puis dans toutes les sortes de magazines. Et sur les chaînes de télévision...

Jusqu'au jour où ton téléphone sonne :

– Allô ? C'est vous la jeune fille qui avez posé pour ce photographe dont on parle tant ?

Tu n'aimes pas ce ton froid. Ce type te fait peur.

Tu réponds que ce n'est pas toi ? Va chapitre **7**.
Tu réponds que c'est toi ? Va chapitre **12**.

Une semaine plus tard, Lorenzo, les joues toutes rouges, t'emmène au magasin de son père sur son scooter. Les photos de toi sont alignées sur le comptoir. Tu es stupéfaite de voir la jeune fille qui joue avec ses mèches, qui rit et qui prend des poses. Tu es belle, très belle. Belle à croquer !

– Tu es si parfaite sur les photos, dit le père de Lorenzo, que j'ai renoncé à chercher d'autres modèles pour l'instant. Je veux faire une vitrine uniquement avec toi. De grandes photos d'un mètre sur un mètre cinquante.

Tu avales ta salive avec difficulté. Que va-t-il se passer quand tu vas te retrouver offerte, dans cette vitrine, aux yeux de tous les gens que tu connais dans la ville ?

Tu acceptes ? Va chapitre **18**.
Tu refuses ? Va chapitre **8**.

— Non ! C'est impossible !

Lorenzo bondit sur ses pieds :

— Tu es vraiment une sale petite égoïste.

— C'est faux. Je me suis laissé prendre en photo par ton père parce que je l'aime bien. J'ai accepté pour lui, c'est le contraire de l'égoïsme.

— Eh bien, va jusqu'au bout ! Tu ne rêves pas d'être top model ?

— J'ai trop peur du regard des autres.

— Je compte jusqu'à dix... et je te quitte. Ce sera fini entre nous... Un... Deux... Trois... Quatre... Cinq, six, sept, huit, neuf... alors ?

Tu n'as pas répondu. Il est parti avant dix. Tu as tout PERDU !

Et si tu avais dit oui à Lorenzo, chapitre **40** *?*
Et si tu avais accepté l'expo photo, chapitre **18** *?*
Et si tu changeais de guide, chapitre **4** *?*

32

Quand tu sors du cabinet de l'orthodontiste, Lorenzo est là, qui t'attend sur son scooter. Lorenzo est ton ami de cœur. Celui que tu connais depuis la maternelle. Tu sais que tu l'aimes, mais tu ne sais pas encore si tu l'aimes d'amour ! Il est brun, avec les cheveux raides et des yeux verts. Il sourit tout le temps et n'arrête pas de t'offrir des petits cadeaux. Au collège, tout le monde pense que vous sortez ensemble. Mais non. Vous vous promenez juste la main dans la main, vous vous allongez sur les pelouses et vous vous racontez vos rêves.

— Fais voir, demande Lorenzo.

Tu souris. Il est tellement ébloui qu'il reste immobile pendant plusieurs minutes.

— Redescends sur terre, Lorenzo !

*Et emmène-moi chapitre **5**, sur ton scooter !*

33

La porte du cabinet de l'orthodontiste vient de se refermer sur toi lorsque tu entends un violent coup de frein. Une voiture s'arrête pile devant toi. Ta grand-mère baisse sa vitre et hurle :

– Monte ! Je vais te présenter ma copine !

Quelle chance ! Tu te demandais comment rentrer chez toi. Tu te rues vers la place du passager mais te rends compte que le fauteuil est déjà occupé par une vieille dame haute comme trois pommes et hypermaquillée.

– C'est ma copine Olga ! crie ta grand-mère en embrayant déjà.

Tu sautes à l'arrière et vous démarrez sur les chapeaux de roue comme si vous veniez de faire un casse.

Roulez jusqu'au chapitre **65**.

34

– Oh non ! s'exclame ta grand-mère. N'envoie pas ces photos. Ma petite-fille a autre chose à penser qu'à devenir mannequin ! Elle va terminer son collège et devenir médecin.

– Médecin ? Mais je suis nulle en sciences !

– Alors, tu seras avocate !

Quelquefois, ta grand-mère te met en rage. Olga affiche son sourire de lézard. Elle te fait un clin d'œil avec sa paupière ridée couverte de bleu.

– Oublions cette histoire, Douchka, dit-elle à ta grand-mère. Parle-moi de ton dernier voyage...

Mais, alors que tu lui dis au revoir une heure plus tard, Olga te glisse une carte de visite dans la main en te soufflant à l'oreille :

– Appelle-moi à Paris.

*Va chapitre **73**.*

35

Les semaines passent... Olga est rentrée à Paris depuis longtemps. Tu attends un coup de téléphone, une lettre, n'importe quoi qui bouleverserait ta vie. Au bout de deux mois, tu n'y tiens plus : tu fonces chez ta grand-mère.

– Alors ? bégayes-tu, la voix blanche.

– Ma chérie, soupire ta grand-mère, j'ai téléphoné au fils d'Olga. Sa mère perd la boule : elle lui envoie des centaines de photos qui vont directement au panier. Il est désolé pour toi.

Tout s'effondre d'un seul coup. La vieille sorcière était bien une toquée !

Tu as PERDU !

Et si ta grand-mère avait refusé la proposition d'Olga ? Va chapitre **34**.

Et si c'était toi qui avais refusé qu'on prenne tes mensurations ? Va chapitre **55**.

L'e-mail de l'agence de Riga arrive le lendemain de l'envoi de tes photos numériques. Il est rédigé en anglais et tu passes trois heures à le traduire avec ton minidictionnaire.

« Mademoiselle,

Nous avons bien reçu vos photos. Nous sommes désolés de ne pouvoir retenir votre candidature car les trucages ne nous trompent pas. Vous semblez oublier que nous sommes des professionnels et qu'une relation de confiance doit s'établir entre nous dès le début. Nous espérons que vous aurez plus de chance ailleurs, mais cela nous étonnerait.

Riga International Model Agency »

Tu es effondrée. Tu as PERDU !

Tu aurais mieux fait de refuser les trucages, chapitre 56 !

37

– On fait une première sélection, bien sûr, précise la vendeuse bêcheuse qui vous a rejointes, mais elle a des chances.

– Vous écartez les moches et les trop grosses ? demandes-tu.

La vendeuse arque ses sourcils épilés :

– L'organisateur est une agence de mannequins de tête.

– C'est génial ! s'écrie ta mère. C'est ce que ma fille a de plus beau, la tête. Surtout avec ses dents enfin bien alignées.

– En tout cas, moi, je marche au feeling, poursuit la vendeuse. Je dois vous prendre en photo. J'enverrai ça directement à l'agence. Mettez-vous là, mademoiselle.

*Tu acceptes ? Va chapitre **26**.*
*Tu refuses ? Va chapitre **69**.*

38

– Marchez ! te commande le type.

Tu déambules dans le bureau en te demandant à quoi ça sert de savoir marcher quand on est mannequin de tête.

– Arrêtez-vous sous cette lampe.

Il s'approche et te caresse la joue :

– Hum... Jolie peau, joli sourire, jolie nuque. Couleur des yeux, moyen, mais on peut mettre des lentilles. Belles dents. Nez pas mal. Cheveux un peu plats.

Il passe une main dans tes cheveux, les soulève et les laisse retomber mollement :

– Finalement, les cheveux sont moches... Alors comme ça, tu veux devenir mannequin pour *Genialgirls* ?

– Heu... C'est ma copine qui...

Tu n'es pas très à l'aise.

*Va vite chapitre **17** pour la suite.*

39

Tu ne savais pas que c'était si long de se maquiller : crème teintée de base, fond de teint clair, re-fond de teint plus foncé sur les pommettes, poudre pailletée. Pour les yeux, crème antirides (on ne sait jamais !), ombre ivoire sur toute la surface de la paupière, puis une pointe de couleur qui ne doit pas dépasser les deux tiers de la surface, en direction de l'extérieur, recourbe-cils, eye-liner et mascara. Crayon pour le contour des lèvres, rouge à lèvres plus gloss...

— On dirait que j'ai vingt-cinq ans ! dis-tu à ton reflet.

— Attends ! s'excite Maéva, je n'ai pas fait le cou, ni le décolleté, ni les mains.

*Va chapitre **66** pour la sélection.*

Tu as prononcé le mot magique : oui. Lorenzo se jette dans tes bras et te couvre de petits baisers aussi légers que des papillons. Tu es heureuse de ta décision. Tu te sens gonflée de bonheur. Et, en plus, tu as gagné l'affection de Lorenzo. C'est même plus que de l'affection à voir le bon cœur qu'il met à t'embrasser encore !

– Viens ! te dit-il. Nous allons annoncer la bonne nouvelle à mon père.

Tes pieds semblent voler au-dessus du trottoir alors que vous courez tous les deux vers le magasin de photographie.

Le père de Lorenzo se tient derrière le comptoir. Il a l'air soucieux.

– Papa ! crie Lorenzo en poussant la porte dont la clochette tinte. Elle a changé d'avis.

*Suite chapitre **86**.*

– Qui ne tente rien n'a rien ! proclame ta grand-mère. Tu vas laisser faire ma copine Olga. Et, surtout, pas un mot à tes parents ! Ce sera la surprise de leur vie !

Elle te prend dans ses bras et se met à tourner avec toi au milieu de son salon sous les yeux humides d'Olga.

– Ah, dit cette dernière d'une voix rauque. Que j'aime les émotions !

Elle essuie une petite larme et, pour se donner une contenance, plante une cigarette dorée dans un fume-cigarette en ivoire long de cinquante centimètres.

– Ma chérie, souffle ta grand-mère à ton oreille, Olga est une fille du tonnerre qui connaît un tas de gens. Comme j'aimerais être à ta place !

Va vite chapitre **63**.

Tu es époustouflée par les résultats du groupe « Photo numérique ». Tu es magnifique dans tes différentes poses. Les fonds sont de couleurs soutenues et tu apparais comme une véritable liane de trente kilos pour 1,90 m.

– Vous ne croyez pas que vous avez un peu exagéré ? demandes-tu, soudain saisie d'un doute.

Tes copains t'assurent que non. Avec dix millions de pixels tout est permis, car la netteté de la photo assure des agrandissements parfaits.

Te voilà chargée d'une bonne douzaine de photographies de toi que le prof de techno envoie par Internet à l'agence de Riga.

Il ne te reste plus qu'à attendre l'e-mail de réponse, qui sera enthousiaste !

*Va chapitre **36**.*

43

Prycyllya est LA boutique de la ville pour les filles qui ne sont pas trop riches mais qui ne sont pas trop pauvres non plus. C'est très facile de connaître le secret des vêtements branchés : moins il y a de tissu, plus c'est cher. Et là, tu tombes carrément à la renverse devant une robe fourreau rose avec des petites perles en bas. Il te la faut ! Il te la faut !

— C'est immettable ! dit ta mère. On dirait une peau de saucisson !

— Je t'en prie ! Il y a 50 % de réduc ! Elle est trop belle. Je vais l'essayer, tu vas voir...

Tu te rues dans la cabine gardée par une vendeuse bêcheuse et squelettique.

*Tu sors de la cabine chapitre **20**.*

Tu hurles à travers la maison :

– Maman ! *Exclutifs* m'a répondu !

Ta mère te rejoint devant l'ordi, son torchon de vaisselle entre les mains.

– Ouvre le message ! l'implores-tu. Moi, je n'ai pas le courage, j'ai trop peur.

Ta mère clique en tremblant :

« Mesdemoiselles, nous avons bien reçu vos deux mille quatre cent trois candidatures ainsi que les photos prises par les vendeuses des magasins *Prycyllya*. Hélas, aucune de vous ne se détache suffisamment du lot pour prétendre devenir notre mannequin pour la prochaine saison. Avec nos regrets, nous vous remercions de votre participation. »

Tu as PERDU.

Tu aurais mieux fait de refuser les photos de la vendeuse, chapitre **69**.

C'est vrai que tu n'as rien à perdre mais que tu as tout à gagner. Tu te trouves magnifique dans ta robe en peau de saucisson et absolument renversante avec ton nouveau sourire. Et voilà que le Destin te place devant une possibilité merveilleuse : mannequin dans un défilé ! Toutes les filles rêvent de se pavaner sous des centaines de paires d'yeux, et d'être admirées. Elles disent que le physique n'a pas d'importance, mais c'est faux !

Ce qui est incroyable c'est que ta maman, elle-même, te pousse à accepter. Elle est fière de toi, cela se voit. Que diront tes copines quand elles te verront dans les magazines ?

Tu serres les poings. En un instant, une foule d'images te traversent l'esprit. Et elles ne sont pas toujours agréables...

*Va vite chapitre **37** !*

46

– Bon, dit ta maman. Tu vas te mettre devant les géraniums.

Est-ce que c'était une bonne idée de confier les prises de vue à ta mère ? Les géraniums, c'est plutôt ringard. Les rédacteurs des magazines branchés doivent s'en moquer.

– On ferait mieux de rester à l'intérieur.

– Il faut que ce soit joyeux. Les fleurs, ça passe toujours bien sur les photos, et ces têtes de géraniums sont magnifiques !

– Je te rappelle, maman, que l'agence ne recherche pas des têtes de géraniums mais des têtes humaines, comme la mienne !

– Si tu t'allonges, tu pourras mettre ta tête dans celles des géraniums, comme ça tout le monde sera content.

Grr.

*Va chapitre **88**.*

47

— Tu n'as aucune chance de décrocher le contrat avec une tenue pareille et sans maquillage.

— Merci, ça fait plaisir. Je te rappelle que j'ai une beauté naturelle.

— Mais rien n'est naturel dans ce monde, tout est trafiqué ! Alors, autant mettre le maximum de chances de ton côté. Regarde-toi ! Tu es pâle comme une endive. Et ce jean ! Ma grand-mère avait le même dans les années 40.

— Tais-toi.

— Et les baskets ? Tu trouves ça sexy ? Tu as déjà vu des mannequins en baskets ? On dirait des boîtes à chaussures. Tu chausses du cinquante ?

*Il faut que tu arrives chapitre **87** avant de flanquer une baffe à ta copine.*

48

— Si vous voulez être sélectionnée, t'annonce la femme qui parle comme une mitraillette, allez voir le photographe là-bas. Et faites signer cette autorisation à vos parents, parce que vous êtes mineure.

Par hasard, tu tombes sur la phrase qui indique que le « book photo réalisé par le photographe sera facturé deux cent cinquante euros, quelle que soit la décision de *Genialgirls* ». Gloups !

— Deux cent cinquante euros ! hurles-tu.

— Vos parents paieront, répond la femme.

Non, tes parents ne paieront jamais cette somme. Tu le sais parfaitement. Tu es tombée sur une arnaque : tu as PERDU !

Ton Destin aurait-il changé si tu avais accepté le maquillage de Maéva, chapitre **52** *?*

Tu peux aussi changer de guide, chapitre **4**.

Tu signes des autographes, et cela te fait une drôle d'impression. Les gens semblent t'aimer déjà. Ils te sourient. Et Lorenzo est fier d'être ton ami de cœur... En quelques jours, la nouvelle se répand dans la ville à la vitesse de la poudre allumée. Tout le collège défile devant la vitrine du père de Lorenzo. Les filles s'échangent des SMS pour dire combien tu es moche, grosse, prétentieuse et ridicule. Mais tu t'en fiches car tu sais bien qu'elles sont jalouses à mort. Pourtant tout ceci te semble injuste. Ce n'est pas toi qui as voulu cela. Ton image ne t'appartient déjà plus. On change de regard sur toi. Même tes parents ne te parlent plus de la même façon...

C'est la célébrité ? Va chapitre **29**.

Tu n'as pas dormi de la nuit. C'est l'horreur de cacher quelque chose d'aussi important à tes parents. Ton plan : te lever à l'heure habituelle mais, au lieu de te rendre au collège, prendre le train pour Paris, filer à Orly et embarquer pour Milan !

Mais le matin, ton visage pur est couvert de vilains boutons rouges. Les traces de ton mensonge ! Puis au petit déjeuner, tu fonds en larmes dans les bras de ta mère et avoues tout.

– Ce n'est pas grave, te rassure-t-elle en te caressant les cheveux. Tu n'as pas encore acheté ton billet, j'espère ?

Non, toutes tes économies sont intactes. Ouf !

Mais tu as PERDU quand même !

Tu aurais mieux fait de t'occuper toi-même du dossier, chapitre **21**.

51

« L'avenir appartient aux audacieux ! », dit le proverbe. Tu n'es pas décidée à prendre ta place dans cette gigantesque queue et à poireauter des heures et des heures. Il faut y aller au culot. Le casting se passe dans un hôtel. Tu pourrais parfaitement être une jeune cliente. Et voilà !

Tu marches d'un pas assuré et tu doubles toutes les filles. Tu dépasses quelques gros bras en disant d'un ton ferme :

– Je suis cliente. Chambre 12.

Ils te laissent passer. Tu files droit vers la réception mais, au dernier moment, tu obliques à gauche, tu entres dans un salon désert, tu montes un étage, tu le redescends. Une feuille marquée *Exclutifs* a été collée contre une porte. Tu l'ouvres.

Que vas-tu découvrir chapitre **70** ?

52

Le salon de la mère de Maéva a été trans-formé en QG. Elle se lance dans de longs discours en feuilletant une montagne de revues professionnelles. Shampooings, peigne et danse des ciseaux. On prépare une couleur tandis que Maéva stocke de mystérieux produits près de ton fauteuil. Tu fermes les yeux alors que les autres s'agitent autour de toi comme un essaim d'abeilles. Couleur. Elles se mettent à trois pour aller plus vite. Séchage furieux. Et quand tu ouvres les yeux, une créature blême aux cheveux hérissés sur la tête te contemple dans le miroir.

– C'est qui ?

– T'occupe ! répond Maéva en te beurrant de crème.

Va au chapitre **39**.

53

– Vous savez ce qu'est un *talent scout* ? te demande Jean de la Mornaie au téléphone.

Il doit te prendre pour une attardée mentale. Et dire qu'il perd son temps avec toi alors que des Brésiliennes trop belles attendent qu'il se pose à Rio de Janeiro avec son jet privé.

– Ce sont des gens comme moi qui recrutent des tops. Et, pour l'instant, ma chérie, vous êtes un top. Je n'ai jamais vu une inconnue faire autant de papiers que vous en quinze jours. Tout le monde parle de vous ! Vous êtes devenue une icône des professionnels de l'art photographique qui luttent contre la consommation populaire de l'image numérique.

Rien que ça ! Tu te sens un peu gênée par tant d'importance. Que vont dire tes parents ?

Va chapitre **62**.

54

— Mon fils a l'embarras du choix. Les plus belles filles de l'Est viennent chez lui. Mais moi, je défends les filles de l'Ouest !

— Tu as bien raison ! approuve ta grand-mère en apportant du thé et des petits gâteaux. Regarde comme elle est belle ! Et en plus, elle est polie et bien élevée !

Tu remues dans ton fauteuil, gênée d'être observée comme une bête de concours.

— Eh bien ? demande Olga à ta grand-mère tout en sirotant son thé dans sa tasse en porcelaine de Limoges. Est-ce que tu veux que j'envoie ses photos à mon fils ?

Ta grand-mère fait la grimace. Tu es quand même assez grande pour donner ton opinion, non ? Et tes parents, seront-ils d'accord ?

Ta grand-mère accepte pour toi ? Va chapitre **41.**
Ta grand-mère refuse ? Va chapitre **34.**

55

– Je ne veux pas qu'on me mesure ! lances-tu.

– Ne sois pas timide, ricane la vieille originale.

Ta grand-mère affiche un grand sourire confiant :

– Laisse Olga faire son petit manège. Elle se croit la reine du recrutement de top models depuis que son fils a ouvert son agence à Riga.

– Il étudie toujours mes propositions ! s'insurge Olga en te mesurant vite fait.

– Pff... c'est ça ! s'amuse ta grand-mère.

Elles se disputent gentiment tandis que, toi, tu ne sais pas quelle attitude adopter. Tu as refusé qu'on prenne tes mensurations et voilà que c'est fait sans que tu t'en sois rendu compte ! Cette Olga est une rusée.

*Va chapitre **83**.*

56

– Non ! réponds-tu à Alexis. Aucun trucage ! Vous avez un appareil argentique ?

– Quoi ? Mais c'est préhistorique comme système. Personne ne le fait plus.

– Alors, pas de trucage. Ils le verront, là-bas.

Les séances de pose s'enchaînent. Tes copines sont vertes de jalousie. Ton histoire fait le tour du collège. Tu commences à devenir une vedette. Pourvu que ça marche !

Tes photos sont bientôt envoyées. Et la réponse du fils d'Olga, le patron de Riga International Model Agency, ne tarde pas.

C'est un oui ! Il te paie le voyage jusqu'à Riga avec l'adulte de ton choix (tu prendras ta grand-mère). Moyennant un contrat d'exclusivité, tu suivras une formation de mannequin d'un mois et demi ! C'est top !

*Va vite chapitre **64**.*

57

– Des nouvelles d'Olga ? demandes-tu à ta grand-mère un mois plus tard.

– Pourquoi me demandes-tu cela ? répond-elle du tac au tac.

– Heu... je ne sais pas. Elle m'a plu !

Ta grand-mère te scrute avec intensité. Elle vient manger chez vous. Ta mère est dans la cuisine. Vous êtes seules pendant deux minutes au maximum.

– Je sais qu'elle a envoyé tes photos à son fils malgré mon refus.

Rouge comme une tomate, tu baisses la tête.

– C'est une vieille intrigante, poursuit ta grand-mère. Elle a toujours inventé des histoires, cru au prince charmant et bâti des châteaux en Espagne...

*Va vite chapitre **77** pour la suite.*

58

Tandis que tu es assise sur un muret à regarder passer les garçons, Maéva ricane en pianotant toujours sur son portable.

– Et voilà ! triomphe-t-elle. Je viens d'envoyer ta nouvelle trombine à tous mes contacts.

– Quoi ? Tu es folle ! Combien en as-tu ?

– Cinq cent vingt-deux et demi.

– Qui est la demi-portion ?

– Ma petite sœur. Ils vont tous craquer pour ton nouveau sourire.

– N'exagère pas.

– Je te préviens que 99 % de mes contacts sont de beaux garçons. Dès que tu mettras un pied dans la cour du collège, ils vont tous se jeter sur toi.

– Génial. Je vais m'acheter un casque.

Ton Destin a bifurqué. Va vite chapitre 3.

59

– Ils font un casting ici ! vocifère Maéva en courant vers toi dès que tu arrives dans la cour.

– Au collège ?

– Mais non, à la salle des fêtes ! *Genialgirls* m'a prévenue directement. Ce sont les sponsors de l'opération. Ils cherchent des nouvelles têtes. Et tu as une nouvelle tête, non ? Je m'occupe de tout. Ma mère transforme son salon de coiffure en QG de campagne de beauté.

– QG ?

– « Quartier général », en langage militaire. Elle te prendra après ses clients. Moi, je te maquillerai ! J'ai toujours rêvé d'être esthéticienne.

Tu obéis ? Va chapitre **52**.
Tu refuses ? Va chapitre **61**.

Ta classe est à Paris, et les profs vous ont laissé tout l'après-midi pour faire du shopping. C'est le moment ou jamais de rencontrer Antoine, à la rédaction de *Genialgirls* ! Tu l'as prévenu d'un coup de portable et il est prêt à vous recevoir, toi et ta copine Maéva. Après quelques stations de métro, vous êtes à l'adresse indiquée. C'est un grand immeuble moderne. Antoine vous attend au troisième étage. Vous vous asseyez dans des fauteuils design, des piles de *Genialgirls* sont posées devant vous. La porte du bureau s'ouvre sur un vieux type d'une cinquantaine d'années. Tu te lèves, imitée par Maéva morte de trouille.

— Vous pouvez rester ici, dit le type à Maéva. Il n'y a que votre copine qui m'intéresse.

Tu entres dans son bureau, chapitre 38.

— Désolée, Maéva. J'ai trop peur que tu me rates. Quand tu étais au CP, tu maquillais tes poupées avec des feutres et elles ressemblaient à Bozzo le Clown après un tremblement de terre.

— J'ai évolué depuis !

Tu tiens bon dans ta détermination. Chez toi, bien tranquille, tu te maquilles très légèrement avec des produits sains et naturels que ta maman achète dans une boutique bio hors de prix. Tu passes un jean et un T-shirt blanc comme n'importe quel top model en tenue civile, et tu files en sautillant jusqu'à la salle des fêtes où est organisé le casting. Bien sûr, Maéva t'accompagne en faisant des remarques vachardes sur ta tenue et ton maquillage trop discrets.

Rendez-vous chapitre **47**.

— D'après les photos, vous pouvez être intéressante, poursuit Jean de la Mornaie. C'est pour cela que je fais attendre les Brésiliennes. Nous devons jouer sur le courant de sympathie que vous avez en ce moment. Teenfirst peut vous signer un contrat de six mois. On se voit quand ?

Ta tête tourne. Tu ne sais pas quoi répondre. Quelle aventure ! Tout cela va trop vite pour toi.

Ta mère est en train de rôder derrière toi, les oreilles grandes ouvertes pour tenter d'écouter des bribes de conversation. Il faut la mettre au courant, de toute façon. Mais tu hésites car tu la connais. Elle peut se montrer très coriace vis-à-vis d'un étranger !

*Tu lui donnes le téléphone ? Va chapitre **74**.*
*Tu t'éloignes avec le téléphone ? Va chapitre **72**.*

63

Depuis la rencontre avec Olga chez ta grand-mère, tu ne te sens plus de joie. Sur Internet, tu as découvert que Riga est en effet une sorte de capitale du mannequinat. Les filles sont recrutées de plus en plus jeunes. L'idéal en taille est de 1,70 m pour les mannequins people qui posent pour les magazines et de 1,72 m pour les mannequins défilés. Les mensurations sont de 85/60/85 cm, poitrine, taille, hanches, avec des variantes de 5/2/4 cm. Vas-tu te retrouver dans cette école lettonne au milieu de futurs top models du monde entier ? Vite ! Un coup de peigne sur tes longs cheveux !

Une terrible angoisse te saisit devant ton miroir au cadre rose bonbon.

Et si tu te cassais la figure à ton premier défilé ? La honte totale !

*Va chapitre **35**.*

64

Riga est une belle ville. Le taxi vous emmène, toi, ta grand-mère et Olga, vers les locaux de Riga International Model Agency.

Le fils d'Olga vous attend. Il se jette dans les bras de ta grand-mère et de sa mère, et leur rappelle ses souvenirs d'enfance, quand elles allaient le promener au jardin du Luxembourg. Il te présente le personnel et les autres filles venues pour le stage.

Il va falloir que tu révises ton anglais. Personne ne parle le français ici. Tu partages ta chambre avec une Italienne et une Hollandaise de ton âge. Elles ont l'air sympa, ouf ! Ta grand-mère et Olga jouent les touristes pendant plus d'une semaine. Puis elles rentrent en France, te laissant seule face à ton Destin...

*Va chapitre **81**.*

Ta grand-mère t'a invitée chez elle et, fière de toi, elle te met en valeur face à sa copine Olga. La vieille sorcière porte un turban de soie, des bijoux en or qui doivent dater de l'Égypte antique, un tailleur luxueux, des chaussures en croco et des bracelets jusqu'aux coudes.

– Hum... murmure Olga avec son accent russe. Jolie fille, trrrrès jolie fille.

C'est vrai que tu te sens très jolie. Ta grand-mère se gonfle d'orgueil :

– J'ai rencontré Olga au collège, à Paris ! Cela fait cinquante ans que nous nous connaissons.

La vieille dame sourit, elle fouille dans son sac à main de marque, et en sort un Polaroid qui doit dater du Moyen Âge :

– Vous permettez, belle jeune fille ?

Va chapitre **6**.

Tu dois peser cinq kilos de plus avec tout le maquillage de Maéva. Mais tu as confiance. Des filles piaillent à l'entrée de la salle des fêtes. Elles s'écartent respectueusement sur ton passage. Quand un vigile t'appelle « madame », tu commences à avoir de sérieux doutes sur ton look. Il y a un buffet et un stand pour des abonnements à *Genialgirls*.

– Votre fille est sélectionnée ? te demande la représentante.

– Non, moi ! Je suis encore au collège !

Le jury a beaucoup ri en te voyant. Il a choisi une gamine de huit ans portant un appareil dentaire ! Tu as tenté d'étrangler Maéva sur le parking mais elle s'est échappée.

Tu as PERDU.

Tu aurais mieux fait de refuser l'aide artistique de Maéva, chapitre **6l**.

67

— Regarde ! s'exclame ta mère alors que vous vous êtes précipitées toutes les deux vers l'ordinateur, en vous battant pour saisir la souris. C'est le site de l'agence *Exclutifs* ! La plus grande agence mondiale de mannequins pour coiffeurs. Ils organisent un recrutement de clientes *Prycyllya*.

— Tu as vu mes cheveux ? Ils sont minables ! Jamais je ne serai prise.

— On s'en fiche des cheveux ! répond ta mère complètement excitée. Ils te coifferont : c'est leur métier ! Mais ils vont te juger sur ce qu'ils ne peuvent pas changer : tes yeux, ton nez mutin, l'ovale de ton visage, ta belle bouche et surtout tes dents magnifiques !

Tu souris. C'est vrai, tu as toutes tes chances.

*Va chapitre **79**.*

68

Tu prends donc place dans la queue. En moins d'un quart d'heure, il y a déjà une bonne vingtaine de nouvelles filles derrière toi. Tes concurrentes sont de toutes les couleurs, de toutes les tailles et de tous les âges ! Leur seul point commun doit être le fait d'acheter parfois des vêtements chez *Prycyllya*.

– C'est un plan foireux, dit la fille devant toi qui a dû allumer un pétard dans ses cheveux avant de les arroser à coups de bombe fluo orange. Il paraît qu'il n'y a qu'une place ! Tu espères décrocher le contrat avec ta tête ?

Sympa, la nana. Tu prends ton mal en patience et tu attends. Certaines filles commencent à abandonner. C'est toujours ça de gagné !

Va chapitre **85**.

69

Tu ne vas quand même pas te laisser photographier pour quelque chose d'aussi important par une simple vendeuse stressée et méprisante ! Elle ne sait peut-être même pas tenir un appareil ! Tu vas loucher ; tu vas être minable sur le fond blanc. Dans un coin du magasin, tu aperçois un projecteur bancal et rouillé...

– Je préférerais que ce soit ma mère qui prenne la photo. Elle a un très bon appareil et je me sens plus à l'aise avec elle.

Ta maman te regarde avec des yeux ronds.

La vendeuse s'en fiche complètement. Elle te donne les références du site ainsi que son code de vendeuse *Prycyllya*. Et tu entraînes ta mère à l'extérieur du magasin avant qu'elle n'ait pu ouvrir la bouche.

Va chapitre **46.**

70

Deux hommes et une femme, derrière un bureau, sont en train de martyriser une blonde en larmes. Ils se tournent d'un bloc vers toi.

— Excusez-moi, bredouilles-tu. J'étais aux toilettes et je me suis perdue.

Du coin de l'œil, tu vérifies que la blonde est moche et tu fais ton plus beau sourire au jury :

— Je suis candidate, moi aussi. Vous permettez que je traverse ? J'ai peur de me perdre de nouveau si je fais demi-tour.

C'est sûr, ils vont craquer devant ton nouveau sourire.

— Non, dit une voix. Faites demi-tour au contraire et disparaissez de notre vue.

Tu as PERDU !

*Et si tu avais fait la queue, chapitre **68** ?*
*Tu peux aussi changer de guide, chapitre **4**.*

70

– Alors ? te demande Lorenzo quand vous vous retrouvez au collège le lendemain. Le *talent scout* t'a téléphoné ?

– Qui ? Et d'abord, c'est quoi un *talent scout* ? Un scout, je sais ce que c'est ; le talent, d'accord. Mais le *talent scout*, non.

Lorenzo fait la grimace :

– C'est un type qui cherche des top models pour une agence très connue qui s'appelle Teenfirst. Il a téléphoné à mon père en demandant tes références. Il voulait te contacter car tu es devenue une vedette, tu sais. Il veut te proposer un contrat. Alors, il t'a appelée ?

– Je lui ai dit que j'étais partie en Chine... Enfin, ma petite sœur. Bref, je l'ai envoyé sur les roses.

Va chapitre **80**.

72

Lorenzo et toi êtes installés dans un salon de thé pour un premier rendez-vous avec Jean de la Mornaie, le *talent scout* de Teenfirst, la première agence de modèles ados en Europe.

– C'est formidable ! te dit Lorenzo. C'est vraiment une belle aventure qui vous arrive, à mon père et à toi. Papa n'avait pas le moral depuis le début de l'année. Il voulait frapper fort et c'est en regardant encore et encore les albums de photographes professionnels commandés pour sa petite librairie qu'il s'est dit que lui aussi pouvait tenter le coup. Tu es arrivée et voilà !

Jean de la Mornaie a déjà vingt minutes de retard mais tu ne t'inquiètes pas : Lorenzo est là, et il te regarde avec amour.

*Va chapitre **78**.*

73

Quelle aventure exaltante ! Bien sûr, tu n'en parles à personne, pas même à ta meilleure amie. Ce serait trop la honte si rien ne marchait ! Par hasard, à la télé, tu tombes sur un reportage qui parle des écoles de mannequins. On y voit des filles de quatorze ans, juchées sur des talons de dix-huit centimètres, s'entraîner à défiler : torsions de chevilles et culbutes du podium assurées ! Les filles ont toutes des cheveux longs, blonds à 95 %. Ce sont des lianes, avec des jambes qui n'en finissent pas. Un bracelet enfilé à la cheville doit pouvoir être remonté jusqu'à mi-cuisse ! Tu enfiles une nuisette de ta mère et tu te regardes dans la grande glace collée derrière la porte de ta chambre.

Horreur ! Tu es carrément obèse !

*Va vite chapitre **82**.*

— Je n'ai pas compris votre nom, déclare ta mère à Jean de la Mornaie. Et je n'ai pas compris ce que vous proposez à ma fille, collégienne et donc mineure, je vous le rappelle... Vous partez au Brésil ? Désolée de vous retarder mais... Non, elle n'a pas encore signé avec une autre agence. Je ne sais pas si... Oui, je comprends, mais ce n'est pas la peine de me parler sur ce ton ! Je ne suis pas à votre service, ma fille non plus d'ailleurs. Qu'est-ce que vous dites ? Quel culot ! Nous n'en avons rien à faire de votre agence, monsieur. C'est ça ! Au revoir et bon débarras !

Et clac ! Ta mère raccroche, furieuse.

Tu as encore PERDU !

Et si tu avais gardé le téléphone, chapitre **72** *?*
Ou alors refusé la demande du talent scout, *chapitre* **7**.

75

Tu as déjà entendu parler de l'anorexie mais jamais tu n'aurais cru qu'on pouvait se faire piéger aussi vite. En un rien de temps, tu apprends comment sauter tes repas en cachette. Tu maigris tellement vite que tu te retrouves chez le médecin, puis à l'hôpital et chez un psy. Ton corps est devenu une obsession. Tu n'as jamais réentendu parler d'Olga et de l'agence de son fils. Tu as été trop malade pour t'intéresser à cela.

Tu as PERDU !

Mais, heureusement, tu t'es sortie de ce cycle infernal.

*Tu aurais mieux fait de ne pas plonger tête baissée dans le piège du régime, chapitre **84**.*

76

Un book, c'est un album qui regroupe des photos, prises sous toutes les coutures, d'un mannequin. Comme tu ne connais pas de photographe professionnel et que tes parents ne veulent pas dépenser une fortune pour ces bêtises, tu te fais prendre en photo par des camarades du collège inscrits à l'atelier « Photo numérique » qui est ouvert tous les midis après le repas au self.

– On va utiliser un tas de trucages ! s'exclame Alexis. T'allonger le cou, te bronzer, affiner tes jambes.

Tu es enchantée de leur réaction. En quelques heures, tout un *staff* de copains s'est réuni sous la direction du prof de techno.

Tu acceptes les trucages ? Va chapitre **42**.
Tu refuses les trucages ? Va chapitre **56**.

77

— Elle m'a téléphoné, oui ! dit ta grand-mère.

Ton cœur se serre. Que lui a-t-elle dit ? Ta grand-mère n'a pas l'air contente...

— Olga m'a raconté une histoire à dormir debout. Son fils voulait te voir à Riga ! Elle pouvait avoir des billets d'avion moins chers par une hôtesse de l'air qu'elle connaissait. Bref, elle comptait y aller avec toi un week-end pour que tu ne rates pas trop les cours. Je lui ai répondu qu'elle était folle, on s'est disputées, et elle a raccroché si brutalement que j'ai encore des bourdonnements dans l'oreille.

Tu renifles. Tu as PERDU !

Et si ta grand-mère avait accepté la proposition d'Olga, chapitre **41** *?*

Et si tu avais refusé qu'on prenne tes mensurations, chapitre **55** *?*

78

Personne ne viendra, ni Jean de la Mornaie ni personne d'autre. Ces gens changent d'avis en une minute. Cette fois-ci, c'est toi qui en fais les frais.

Mais tu t'en fiches ! Tu es heureuse avec ce beau garçon qui t'aime ! Il te regarde avec pitié car il croit que tu es déçue. Mais non. Tu prends sa main... Et c'est en rentrant, en traversant un petit parc, que vous vous embrassez pour la première fois.

Cette histoire aura au moins eu du bon.

Et si tu avais donné le téléphone à ta mère ? Va chapitre **74**.

Et si tu avais refusé la demande du talent scout ? *Va chapitre* **7**.

Tu choisis un autre guide ? Va chapitre **4**.

Tu aurais aussi pu refuser l'exposition de photos, chapitre **8**.

79

Tu te ronges les ongles pendant toute la semaine suivante.

— Veux-tu arrêter cette manie ? hurle ta mère. Tu crois qu'on emploie des mannequins avec des ongles cassés ?

Tu hausses les épaules. Apparemment, ta maman ne sait pas qu'il existe de faux ongles. Tu donnerais cher pour savoir si l'agence *Exclutifs* t'a choisie. Quand tu t'endors le soir, les photos prises par la vendeuse de *Prycyllya* t'obsèdent. Quelle tête avais-tu ? Souriais-tu ? Ah ! Quelle rage de ne pas les avoir vues... Tu imagines déjà ton portrait en grand dans les salons de coiffure. Et pourquoi pas en vitrine ? Ton visage maquillé sera sublime avec ta nouvelle coiffure. Et tes belles dents vont te faire gagner ensuite le marché des dentifrices...

Va vite chapitre **44**.

Ta gloire a duré ce que durent les roses. Peu à peu, les gens ne regardent plus tes photos dans la vitrine. Le père de Lorenzo, toujours dans le but de faire reconnaître son talent, te remplace par des photos de chiens !

Dans un certain sens, tu es heureuse de redevenir une fille anonyme. Lorenzo t'aide à accrocher les photos dans ta chambre, en souvenir. Tes parents sont si fiers qu'ils la font visiter à toute la famille et à tous leurs amis.

– Tu sais, te dit un jour Lorenzo, grâce à toi, mon père a du travail pour toute l'année ! Je n'ai rien à t'offrir pour te remercier, juste un baiser.

Pas mal... mais c'est PERDU quand même pour ta carrière de top model.

*Et si tu avais refusé l'exposition, chapitre **8** ?*
*Et si tu avais choisi un autre guide, chapitre **4** ?*

Tu as appris à te maquiller, à te coiffer, à défiler sur des talons de dix-huit centimètres. Tu as appris à poser, à faire bouger les vêtements sur ton corps. Tu as appris à rendre ton visage impénétrable, genre tête de cochon, lors des défilés, et à sourire lors des prises de vue pour les magazines. Tes professeurs te font des compliments. En un mois et demi, tu es devenue presque bilingue. C'est ta prof d'anglais qui va être contente !

Ta formation est terminée. Ton book est prêt. Et tu as déjà des propositions !

Avant la rentrée, tu dois partir pour la Laponie pour faire les photos des collections automne-hiver des grands magazines.

Tu as GAGNÉ, ta carrière commence !

Pour connaître le Destin que tu aurais eu avec d'autres compagnons, va chapitre **4**.

82

Il y a deux expressions pour dire que tout est fichu : « C'est la fin des haricots » et « Les carottes sont cuites ». Si cette vieille Olga s'est montrée gentille avec toi, c'est parce que tu es la petite-fille de sa meilleure amie ! Comment a-t-elle pu imaginer qu'une grosse dondon de ton genre décrocherait un contrat de top model ? Il faut réagir. Si tu montres que tu fais des efforts, peut-être que le cours du Destin en sera inversé ?

Donc oublie les haricots et les carottes. Et le riz, les nouilles, le chocolat, la salade, la viande, le poisson... Tout !

Une pomme par jour, voilà ce qu'il te faut ! Un quart au petit déjeuner, un quart à midi, un quart à seize heures, un quart le soir.

*Tu suis ce régime ? Va chapitre **75**.*
*Tu ne le suis pas ? Va chapitre **84**.*

La réponse tombe quinze jours plus tard. Ta grand-mère vient, en personne, annoncer la bonne nouvelle à tes parents.

– Vous pouvez faire confiance à ma vieille copine ! lance-t-elle. Si elle me dit que son fils est intéressé, c'est vrai !

– Quand même, murmure ta mère. Riga, ce n'est pas la porte à côté.

– Les « filles de l'Est » n'ont pas bonne réputation... grommelle ton père.

– J'ai connu son fils en couches-culottes, rétorque ta grand-mère. Il a toujours été très sérieux. Il veut un book.

– Un bouc ? s'exclame ta mère. Qu'est-ce qu'il veut faire d'une bête pareille ? Et en plus, ça pue.

Tu éclates de rire et ta grand-mère aussi.

Va chapitre **76**.

84

Une pomme par jour ! As-tu perdu la tête ? Ces sites Internet de filles maigres racontent vraiment des bêtises ! Non, tu ne vas rien changer à tes habitudes. Tu vas continuer à manger selon ton bon plaisir. Le mental et le physique sont étroitement liés, tu ne veux pas détruire ta santé juste pour un régime.

Le temps passe. Tu attends la réponse d'Olga ou de son fils. Est-ce que tu as des chances ? Tu commences à douter sérieusement. Quand tu te places devant ta glace, tu te dis que tu n'es pas terrible, après tout. Que tes cheveux sont trop fins et trop plats, qu'on voit tes côtes, que tes seins ne sont pas assez gros, que ton nez n'est pas génial, que tes fesses tombent déjà.

Va vite chapitre **57**.

85

Au terme de plus de deux heures d'attente, tu vas enfin entrer dans le sacro-saint bureau du casting établi à l'Hôtel Excelsior. La fille aux cheveux orange sort en pleurant. C'est ton tour ! Tu respires un grand coup. Un gaillard te fait entrer. Tu te retrouves devant des visages harassés.

– Merci, dit un membre du jury, vous pouvez repartir.

– Mais...

– Merci, je vous dis. Ne vous faites plus d'illusions.

Sois plus forte que les autres, ne pars pas en pleurant. C'est impossible. Jamais tu ne t'es sentie aussi humiliée. Tu as PERDU.

Et si tu avais doublé tout le monde ? Va chapitre **51**.

Sinon, choisis un autre guide, chapitre **4**.

86

L'enthousiasme de Lorenzo retombe quand son père dit qu'il est trop tard, froidement.

– Trop tard ? demande ton copain. Mais...

– C'était une idée idiote. Et ça me coûtera très cher de développer des photos de ce format. Je ne peux pas me lancer dans des frais pareils. C'est la fin d'un beau rêve, jeune fille. Tiens, garde les photos...

La décision du père de Lorenzo te fait l'effet d'une douche froide. C'est la honte de ta vie. Voilà ce qui arrive quand on ne se décide pas assez vite, qu'on n'est pas assez enthousiaste. Lorenzo n'est pas content.

Tu as PERDU.

Et si tu avais retenu Lorenzo, chapitre 31 ?

Et si tu avais accepté tout de suite l'exposition, chapitre 18 ?

Et si tu changeais de compagnon, chapitre 4 ?

87

La salle des fêtes est pleine comme un œuf. Il faut attendre ton tour. Maéva pouffe en voyant les filles qu'elle connaît dans les rangs des candidates :

— Tu as vu ! C'est Jessica de la 4ᵉ B. Le jury va faire des cauchemars toute la nuit quand il va la voir. Et là, c'est Amandine ! Avec ses boutons, on dirait une pizza aux olives. Elle n'a pas honte ! Et là, regarde ! C'est Aurélie : cent cinquante kilos au moins !

Finalement, avec ton teint d'endive et tes baskets taille cinquante, tu as peut-être une chance...

La file avance très vite. Tu entres dans une petite salle où une femme en noir trône derrière une table de pique-nique pliante faisant office de bureau.

*Va vite chapitre **48**.*

88

Ta maman a pris les photos avec l'appareil qu'elle a reçu à Noël. Après des heures et des heures de choix difficile parmi les quatre cents clichés, tu en as envoyés deux à *Exclutifs* et, depuis, tu vis dans l'attente atroce du résultat. Chaque jour, tu regardes ton courrier électronique avec appréhension. Quand soudain, un matin...

– Maman ! Maman ! C'est la réponse !

« Chère Mademoiselle. Merci de faire confiance à *Exclutifs* pour votre prochaine coupe de cheveux. D'après les photos, vous en avez bien besoin. Pour une coupe et un brushing Top Mod, nous vous offrons une réduction de trente euros ! »

Quelle claque publicitaire ! Tu as PERDU !

Il aurait mieux valu que ce soit ta mère qui remarque l'affiche. Va chapitre **25**.

Toi et ton image...

TU AS DÉCROCHÉ TON PREMIER CONTRAT DE MANNEQUIN ! FAIS CE TEST POUR SAVOIR SI TU ES VRAIMENT À L'AISE AVEC TON IMAGE !

1. Le matin, en te levant :
♣ Tu fonces devant le miroir voir si tu n'as pas un énorme bouton, les yeux gonflés, les cheveux plats...

♠ Une douche, un shampooing, un peu de parfum.

♦ Soit tu passes une heure dans la salle de bains, soit tu te brosses juste les dents. Ça dépend des jours !

2. Après, tu t'habilles :
♦ Tu as trouvé un grand poncho en laine des années 70, limite moche, qui devait être à ta mère. Tu le mets !

♠ Tu mets ton nouveau pull à paillettes mais ton vieux jean, comme tous les jours !

♣ Un pantalon noir, un pull noir, tenue camouflage !

3. Les photos d'identité dans les Photomaton :
♦ Avec tes copines, ta sœur, toute seule... tu en fais souvent, tu adores ça !

♣ C'est vraiment un passage obligé ; mais voir ta tête de si près et si longtemps, c'est pas vraiment ta tasse de thé !

♠ Heureusement que ce sont des photos numériques : tu peux choisir celle où tu es le plus jolie !

4. Le maquillage, c'est pour toi :

✿ Un moyen de te mettre en valeur quand tu sors
le soir, ou pour un anniversaire.

☾ Super pour cacher un petit bouton, mais tu es belle
au naturel !

✚ Indispensable ! Sans cela, tu aurais une tête
de mort-vivant, des cernes et le teint blafard !

5. La mode et toi :

✿ Ça t'influence forcément. Les chaussures
qu'on voit partout en bleu, tu vas les acheter,
mais en gris !

✚ C'est une philosophie pour toi. Hors de question
de mettre des rayures ; cette année, la mode,
c'est les pois !

☾ Tu t'en fiches. Tu peux flasher sur une grande jupe
bouffante même si c'est pas du tout la mode.

6. Un garçon te dit que tu es belle...

✚ Il veut te séduire ; mais belle, faut pas exagérer...

✿ Oui, tu as mis ton petit manteau qui te fait
ressembler à une actrice !

☾ Il a bon goût !

Résultats

Tu as une majorité de ◗ :

Tu es à l'aise dans tes baskets !
Ce que pensent les autres de toi, de ton allure,
de tes vêtements... tu t'en fiches !
L'important, c'est que tu aimes l'image que te renvoie
le miroir. Et du coup, si tu te plais, tu plairas
aux autres, même habillée comme dans
La Petite Maison dans la prairie, ou avec les cheveux
courts et frisés comme un petit mouton.
Tu te permets toutes les fantaisies, ne tenant pas
compte de la mode. Tu es une fille originale,
et ça se voit !

Tu as une majorité de ✿ :

Tu veux plaire telle que tu es, mais tu veux plaire tout
de même ! Si tu ne fais pas un minimum attention,
que penseront les autres de toi ?
Mais après tout, tes amis t'apprécient aussi
parce que tu es la seule à porter des pulls tricotés
par ta grand-mère ! Alors, n'aie pas honte
de ce col roulé à grosses fleurs.
Fais le plus souvent les choses en fonction
de ce que tu veux, de ce que tu aimes,
et tu auras trouvé un bon équilibre !

Tu as une majorité de ♧ :
Tu ne t'aimes pas beaucoup !
Mais te cacher comme ça, te fondre dans la masse,
ce n'est pas la meilleure façon de te mettre en valeur !
Tu es pourtant une fille particulière, tu ne ressembles
à personne d'autre !
Si tu ne fais rien, il n'y a aucune raison pour que
tu te réveilles un matin dans la peau de Madonna !
Quoi ? Madonna est vieille maintenant ?
Tu voudrais plutôt ressembler à Angelina Jolie ?
Alors essaie des vêtements d'une nouvelle couleur,
ose un sac un peu excentrique, et tu verras que
les autres te regarderont avec... attention !

Notes

Ces pages sont pour toi. Tu peux y noter ton parcours au fur et à mesure. Comme ça, si tu ne gagnes pas du premier coup, tu pourras recommencer sans faire les mêmes erreurs !

_____

_____

_____

_____

_____

_____

_____

_____

_____

_____

_____

_____

_____

Notes

Notes

Notes

Notes